AF300266

LA CRÈME

AU CHOCOLAT

La Crème au Chocolat

P.-J. Stahl — L. Frölich

J. Hetzel
18. rue Jacob. Paris.

GRAVURES PAR MATTHIS

LA CRÈME AU CHOCOLAT

TEXTE PAR

P.-J. STAHL

VIGNETTES PAR LORENZ FROELICH

GRAVURES PAR MATTHIS

—

BIBLIOTHÈQUE
DES SUCCÈS SCOLAIRES

J. HETZEL, 18, RUE JACOB
PARIS

—

LA CRÈME AU CHOCOLAT

I

Monsieur Pierre aura six ans dans cinq jours. C'est un petit homme. Dans cinq jours ce sera peut-être un petit Monsieur. Il a demandé une canne et il aura une canne.

On ne lui refuse rien. Monsieur Pierre est l'aîné de sa famille. Il a quatre sœurs à lui tout seul : Mademoiselle Claudine qui aura cinq ans tout à l'heure, Mademoiselle Suzon qui court sur ses trois ans, et Mesdemoiselles Ririte et Ruru qui ont eu cinq mois hier. Elles sont jumelles et se ressemblent tant qu'on les appelle les deux pareilles, mais on n'en parle pas encore. Monsieur Pierre déclare que les deux plus petites sont les deux plus sages.

Elles dorment toujours, et il ne dédaigne pas de les regarder quand elles reposent l'une à côté de l'autre dans leur berceau. Quant aux deux autres, dont en sa qualité d'aîné il se croit l'empereur et roi, elles lui donnent beaucoup de mal ; elles ne sont pas dociles.

Il a plus souvent maille à partir avec Claudine qu'avec les autres. Claudine, avec ses cheveux ébouriffés, est certainement une bonne petite fille, très drôle et pas méchante ; mais, comme elle a toujours été presque aussi grande que Monsieur Pierre, elle n'a pas pu arriver encore à comprendre qu'il y ait une si grande différence entre un frère qui est l'aîné et qui a des pantalons, et une petite sœur qui est la cadette et qui n'a que des robes. Elle semble croire qu'elle est l'égale de son frère. Ce n'est pas que Mademoiselle Claudine se révolte jamais contre le droit d'aînesse de Monsieur Pierre ; Mademoiselle Claudine est très philosophe et ne s'inquiète pas pour si peu, et quand Monsieur Pierre lui dit : « Je suis un garçon, j'ai déjà un an de plus que toi, tu n'es qu'une petite fille, » Mademoiselle Claudine, qui ne pense pas aux conséquences que Monsieur Pierre voudrait tirer de ses affirmations, lui répond sans se faire tirer l'oreille : « Oui, Pierre. »

II

Par exemple, Monsieur Pierre, fier de cet aveu, donne-t-il un ordre ou fait-il une défense à Mademoiselle Claudine, Mademoiselle Claudine écoute l'ordre ou la défense, mais, après l'avoir bien écouté, elle n'en fait tout de même qu'à sa tête, et rien ne l'empêchera de danser ou de faire des pirouettes avec sa poupée, si dans ce moment-là le cœur lui en dit, plutôt que de suivre les prescriptions de Monsieur son frère aîné. En un mot, elle écoute très bien, mais elle n'obéit pas à son frère comme elle obéirait à son papa. Elle ne le trouverait pas juste ; elle s'aperçoit bien qu'avec « son an » de plus, Monsieur Pierre n'est tout de même pas plus raisonnable qu'elle.

Ainsi, ce matin elle était en train de bercer sa poupée et de tâcher d'obtenir d'elle qu'elle fermât les yeux. Monsieur Pierre est venu lui dire d'un ton de maître : « *Laisse là la poupée et viens avec moi à la ferme, pour voir le petit veau.* » Mademoiselle Claudine n'a pas dit : « Non. » Mais, comme sa poupée n'avait encore fermé qu'un œil et qu'elle s'efforçait en vain de lui faire fermer le second, elle n'a pas bougé. Elle n'avait pas plus l'air de se soucier de Monsieur Pierre que du « petit veau. »

Monsieur Pierre était indigné.

Quand une petite fille méconnaît vos droits, ça n'est pas amusant. Mais ces droits sont-ils bien des droits? Voilà ce que Monsieur Pierre a le tort de ne pas se demander.

III

Monsieur Pierre sait très bien parler ; on peut même
dire que, pour son âge, il a un talent surprenant pour la

parole. Il s'ensuit qu'il s'entend presque toujours parler avec plaisir. Mademoiselle Claudine ne méconnaît pas ce talent de son frère, et Monsieur Pierre, quand il a quelque narration à faire, est très content d'avoir une bonne petite sœur comme Claudine, qui dit toujours, soit pendant qu'il parle, soit après qu'il a parlé : « Oui, Pierre. » C'est là un juste hommage rendu à la supériorité de son élocution. Mais, où il n'est pas content du tout, c'est lorsqu'il s'aperçoit, et cela arrive souvent, qu'après avoir dit oui à tout ce qu'il a raconté, exposé ou proposé, Mademoiselle Claudine agit cependant comme si elle n'avait ni entendu, ni compris un seul mot de tous ses discours.

Cela désespère Monsieur Pierre, et je le comprends, ces choses-là ne sont pas pour plaire aux grands orateurs.

IV

Monsieur Pierre a un parrain.

Monsieur Jacques, c'est le parrain dont je parle, est très fier d'avoir un petit filleul comme Pierre, qui sait très bien dire toutes choses et qui les énonce plus clairement que ne pourraient le faire presque tous les enfants de son âge. Il a même conclu de cette facilité que possède Monsieur Pierre de très bien s'expliquer, même dans les situations où la plupart des enfants finiraient par rester à court, que Monsieur Pierre ne pouvait pas manquer un jour ou l'autre de devenir un brillant avocat. Il le voit déjà, dans ses rêves d'avenir, défendant la veuve et l'orphelin, avec une belle toque sur la tête, vêtu d'une longue robe noire dont il retrousse les manches dans les moments pathétiques, et attendrissant tous les auditoires.

Quand cette idée lui vient, il salue avec beaucoup de cérémonie son filleul, et l'appelle Monsieur l'orateur. Cela fait plaisir à Monsieur Pierre. Malheureusement, quelquefois le parrain Jacques semble craindre que Monsieur Pierre ne soit porté à abuser de son éloquence. Il l'a déjà entendu défendre avec beaucoup, avec trop d'habileté des causes qui n'étaient pas bonnes, des causes qui ne méritaient pas toutes les dépenses de talent que faisait son filleul pour les faire paraître meilleures qu'elles n'étaient. Ces causes étaient trop souvent des causes bien moins intéressantes que celles des veuves et des orphelins, les futurs clients de Monsieur Pierre, puisque ordinairement elles étaient la cause même de Monsieur Pierre, plaidant lui-

même devant son papa, sa maman, son bon papa, sa
grand'maman, alors qu'ayant fait ou dit quelque sottise, il
s'efforçait de prouver à ce tribunal de la famille assemblée
qu'il avait raison d'avoir tort.

V

Le parrain Jacques s'était surtout inquiété de la par-
tialité de la présidente de ce tribunal pour le jeune avocat.

Il se disait : « Cette trop grande indulgence finira par le gâter. » Cette présidente était la grand'maman. Les grand'-mamans, quand leur bonté va jusqu'à la faiblesse, font trop souvent bien du mal à leurs petits-enfants. Elles les appellent : « Mon trésor ! mon petit roi ! » Tout cela ne vaut rien et ne sert qu'à leur monter la tête.

C'était le cas pour la grand'maman de Monsieur Pierre. Elle n'était pas aussi innocente qu'elle le croyait des défauts de son petit-fils. A la voir écouter avec admiration le petit avocat (les juges ne devraient jamais laisser voir qu'ils admirent les avocats), à la voir toujours sur le point de l'applaudir, on aurait pu penser qu'à ses yeux et pour ses oreilles une cause est toujours bonne quand elle est défendue par un avocat de beaucoup de talent, et, comme elle trouvait visiblement que Monsieur Pierre était le meilleur petit avocat du monde, il s'ensuivait qu'elle était toujours trop disposée à lui faire gagner ses causes.

VI

Cela ne faisait pas l'affaire du parrain Jacques, qui était, lui, un magistrat rigide, un de ceux que les belles paroles n'éblouissent pas et qui veulent avant tout que justice soit faite aux coupables, et que force reste à la loi.

Ce parrain-là ne se gênait pas toujours pour faire infirmer les jugements trop doux de la trop bonne grand'-maman, et les autres membres du tribunal étaient quelque-fois bien embarrassés entre les avis si différents de la grand'maman, faisant fonction de président du tribunal, et de ce sévère parrain qui, dans ces cas-là, portait la parole comme avocat général, c'est-à-dire comme défenseur in-flexible de la loi.

Le plus souvent, dans ces audiences solennelles, il s'agissait pour Monsieur Pierre de prouver qu'il avait eu raison d'avoir été ou taquin, ou gourmand, ou brutal, ou égoïste, ou injuste, ou même méchant, soit envers ses petites sœurs, soit envers les domestiques du château, soit avec les animaux de la ferme, presque toujours accusés

par ce beau discoureur de l'avoir mis en colère, en lui refusant l'obéissance passive qu'il prétendait lui être due par tous les êtres de la création.

VII

Plus d'une fois Pierre, l'infaillible Monsieur Pierre,
avait été, dans une de ces circonstances-là, mis en péni-

tence dans un coin, la figure tournée contre le mur — ou
privé de dessert, ou obligé de mettre le dimanche ses habits
de tous les jours — et forcé même quelquefois, c'était là
le plus dur, à demander pardon à ceux qu'il avait offensés,
et même à Claudine, qui était pourtant toujours si heureuse
de tout oublier.

VIII

Monsieur l'avocat, l'éminent petit Pierre, n'aimait rien de tout cela, naturellement, et, sitôt qu'il avait encouru une de ces condamnations, il avait pris l'habitude d'aller se cacher sous une table pour ne donner ni au public ni à ses juges la satisfaction de voir qu'il était puni par où il avait péché.

Etre courbé sous cette table n'était pas amusant. Monsieur Pierre n'y serait pas resté cinq minutes sans fendre l'air de ses cris, si on avait voulu l'y forcer. Il y restait trois heures à bouder, persuadé qu'en privant la société de sa présence, il la punissait à son tour.

Si personne n'y eût pris garde, Monsieur Pierre n'y serait pas resté si longtemps, bien sûr. Mais on voyait alors, chose affreuse, la présidente du tribunal, qui aurait dû être le plus ferme observateur de la loi, jeter des regards désolés du côté de la table sous laquelle Monsieur Pierre avait jugé à propos de se réfugier. Achille retiré sous sa tente ne lui eût pas paru plus intéressant, et l'attitude froide des autres juges ne suffisait pas toujours à l'empêcher de faire rouler jusqu'au coupable la poire, la pomme ou même l'orange qu'il n'avait pas méritée.

Cette coupable mollesse de cœur de la grand'maman avait pour résultat que Monsieur Pierre, qui était venu au

monde avec tout ce qu'il faut pour être bien gentil, avait
fini par devenir un petit garçon maussade et désagréable,
que les amis de la maison ne supportaient que par amitié
pour ses parents.

IX

Aveuglée par sa folle tendresse, la pauvre grand'-
maman était à cent lieues de se douter du tort irréparable

qu'elle lui faisait. Il était devenu ainsi peu à peu le cauchemar des indifférents, et la terreur de tous ceux qui auraient voulu l'aimer. Les petites sœurs de Monsieur Pierre, sans s'en rendre bien compte, ne respiraient que quand il n'était pas là, et Mesdemoiselles Claudine et Suzon, je ne parle pas des toutes petites qui ne se rendaient encore compte de rien, Mesdemoiselles Claudine et Suzon, dis-je, savaient parfaitement à quoi s'en tenir sur le caractère de Monsieur leur aîné ; elles ne jouaient entre elles qu'en tremblant quand il les regardait. Claudine s'en tirait généralement en disant toujours : « Oui, » à Monsieur Pierre. Elle ne savait que trop, la pauvre petite, qu'il n'était pas facile d'obtenir justice contre ce frère despotique devant un tribunal dont la présidente ne voyait jamais ses défauts.

X

J'ai cependant eu occasion d'observer une fois comment les plus petits viennent à bout de se défendre contre les abus de pouvoir des plus grands, et de rétablir, à force de sang-froid et d'ingénuité, une sorte de balance entre la faveur dont jouissent les uns et la justice dont tout le monde a besoin. La petite Claudine, dont l'œil bleu et tranquille était fort pénétrant, excellait, sans même s'en douter, à tirer parti des défauts de Monsieur son grand frère pour mettre à néant ses prétentions.

La chose se passa ce jour-là en deux actes. Monsieur Pierre s'était levé de bon matin avec l'idée fixe que Mademoiselle Claudine surtout méconnaissait beaucoup trop l'autorité que son grand âge, que sa double qualité d'homme et de frère aîné aurait dû lui donner sur elle.

La veille, il avait voulu la forcer à faire le cheval dans un jeu. Elle avait dit oui, comme toujours; mais, pendant qu'il cherchait le fouet avec lequel il comptait la faire joliment aller, elle s'était éclipsée et avait entraîné Suzon elle-même dans sa fuite. Il s'agissait de mettre fin à une insubordination aussi caractérisée.

Monsieur Pierre avait sur le cœur cette rébellion-là, et il attendait l'entrée de Mademoiselle Claudine chez leur bonne maman pour mettre à profit la première occasion de restaurer l'ordre moral dans la famille.

J'ai oublié de le dire : Monsieur Pierre couchait de toute éternité dans la chambre même de la présidente du tribunal, dans la chambre de sa grand' maman, qui s'était attribué ainsi une juridiction particulière sur l'aîné de ses petits-enfants. Mademoiselle Claudine, elle, couchait dans la chambre de sa petite maman.

Il n'y aurait pas eu grand mal dans cet arrangement-là, s'il n'avait pas eu pour conséquence de rendre trop facile à Monsieur Pierre, quand un point de droit

était en litige, de préparer, sans en avoir l'air, tous les
soirs et tous les matins, l'esprit de son principal juge, en
lui présentant les faits de la veille de la façon qui pouvait
lui être la plus avantageuse.

XI

Le chef de la justice ne se doutait pas qu'il était ainsi
à l'avance très circonvenu. Monsieur Pierre, la veille, lui

avait raconté que sa sœur Claudine ne voulait jamais jouer avec lui, et la pauvre grand'maman, qui ne savait pas de quel vilain jeu il s'agissait, était tombée d'accord avec le plaignant que c'était très mal.

Mais Mademoiselle Claudine allait venir, comme elle n'y manquait pas tous les matins, pour souhaiter le bonjour à sa bonne maman, et elle allait bien voir qu'on n'offensait pas impunément un frère aîné doué d'autant de mémoire que Monsieur Pierre.

Elle avait bien tardé à paraître ; mais enfin elle arriva tout essoufflée, les joues roses d'une course matinale, les yeux brillants, et sa main droite agitait en l'air pour que sa grand'maman vît tout de suite le gros bouquet de petites pâquerettes des prés qu'elle avait été cueillir exprès pour elle.

La grand'maman, qui aimait beaucoup les pâquerettes et beaucoup aussi sa petite Claudine, comprit bien vite, et très contente lui ouvrit ses bras. Elle trouva son bouquet superbe et embrassa encore plus qu'à l'ordinaire l'aimable petite fille qui avait eu la bonne pensée d'aller le lui cueillir. Mais Mademoiselle Claudine venait, sans s'en douter, de se rendre coupable d'un nouveau méfait. Toute à son bouquet et à sa grand'maman, elle n'avait pas dit bonjour à Monsieur son frère.

Monsieur Pierre, très blessé, sentit cependant que le moment n'aurait pas été bon pour rappeler son grief de la veille ; et, pour dénoncer le nouveau, il eut le courage de se taire. Mais ce n'était que partie remise. La pauvre Claudine n'y perdrait rien, et il se promit de prendre sa revanche au premier déjeuner. Là, tout seul en tête à tête avec Made-

moiselle Claudine (Suzon ne sera pas encore là), il faudra
bien qu'elle l'écoute...

XII

Une fois à table, Monsieur Pierre fixa d'un air sévère
ses yeux sur Claudine, et quand il crut qu'il la tenait sous
l'influence de son terrible regard : « Je ne te parle pas, dit-il
à Claudine, de ce que tu m'as fait hier après le dîner, quoique ce soit très mal ; tu t'es sauvée sans m'avertir, pour ne
pas être le cheval, et tu m'as forcé de m'amuser tout seul ;
mais ce matin, qu'est-ce que tu as fait ?

— Je ne sais pas, Pierre, répondit Claudine.

— Tu as fait, repartit Pierre en accompagnant cette
réplique d'un regard sévère, tu as fait quelque chose « *de
bien plus pire encore* ».

— Quoi donc ? dit tranquillement Claudine.

— Ecoute bien, reprit Pierre, écoute bien.

— Oui, Pierre, répondit Claudine.

— Et écoute bien jusqu'à la fin, sans parler à ton
tour.

— Oui, Pierre. »

Monsieur Pierre, sûr de l'attention de sa sœur, se
rassit alors, et, lui montrant le doigt pour la pénétrer
de la gravité de ce qu'elle allait entendre, il s'exprima
ainsi :

« Je suis l'aîné. J'ai presque un an de plus que toi ;
tu n'as que cinq ans, toi. J'aurai, moi, six ans dans cinq
jours ; il y a déjà plus d'un an que je porte de vrais panta-

lous ; j'ai déjà une canne comme papa ; tu es venue chez

nous ce matin pour dire bonjour à bonne maman, j'étais là,
et tu ne m'as pas dit bonjour à moi. C'est très vilain, et je
n'entends pas que des choses comme celle-là recommen-

cent. Une petite fille qui est la cadette doit toujours dire :

« Bonjour, Pierre, » la première à son frère aîné.

— Oui, Pierre, dit sans s'émouvoir Mademoiselle Claudine ; et elle continua à sucer son os de poulet.

— Tu me promets que tu n'oublieras pas demain matin, dit Monsieur Pierre avec beaucoup de dignité.

— Oui, Pierre, répondit Mademoiselle Claudine.

— Ni de me dire bonsoir, la première, ce soir avant d'aller dans la chambre de petite mère.

— Oui, Pierre. »

XIII

Pour cette fois la querelle était apaisée. Le sang-froid de Mademoiselle Claudine la rendait impossible.

Monsieur Pierre daigna se taire. Il était un peu en retard avec son poulet. Le temps qu'on perd à parler n'est pas pour vider bien vite les assiettes.

Vint le dessert.

Scolastique, la bonne de la grand'maman, entra alors d'un air un peu embarrassé. Elle expliqua qu'il n'y avait plus qu'un seul petit pot de crème au chocolat pour les deux enfants. Elle allait leur donner deux petites cuillères, et ils mangeraient « chacun à son tour et l'un après l'autre » une cuillerée.

Ce fut convenu.

Mais, avant de commencer, il parut bien vite que Monsieur Pierre n'avait pas dit son dernier mot. Bien plus, il avait un discours à faire, et si important qu'il jugea à propos d'aller chercher sa grande chaise et de se mettre debout sur le marche-pied pour pouvoir le prononcer de plus haut...

XIV

Le voici ce discours :

« Je t'ai dit souvent, Claudine, que je suis l'aîné, eh bien ! je te le dis encore maintenant.

— Oui, Pierre. »

Et Claudine, après son oui, porta dans son bec rose une bonne petite cuillerée de crème au chocolat.

Charmé de se voir approuvé, Monsieur Pierre passa sur ce détail et, levant sa cuillère encore intacte au-dessus de sa tête par un geste qui ne manquait pas de grandeur, il ajouta :

« Et tu sais, Claudine, que l'aîné étant le plus vieux, et le plus grand, et le plus sage, et le plus fort, c'est toujours à lui que ses petites sœurs doivent obéir.

— Oui, Pierre, » répondit Claudine sans hésiter.

Pierre, ravi de voir admises ces propositions, dont Claudine ne soupçonnait pas l'importance, ne prit pas garde qu'une seconde cuillerée de chocolat avait été rejoindre la première dans la petite bouche de sa sœur.

« Tu sais aussi, car je te l'ai déjà dit, reprit Pierre, que la crème que je préfère c'est la crème au chocolat, et que même je l'aime tant, que je l'aime plus que toi, quoique tu l'aimes aussi beaucoup.

— Oui, Pierre, » dit sans broncher Mademoiselle Claudine. Mais déjà une troisième cuillerée de crème au chocolat avait suivi les deux autres dans l'estomac de Mademoiselle Claudine ; les deux premières l'avaient mise en goût.

Pierre, tout à l'enchaînement de ses idées, poursuivit sa démonstration.

« Quand quelqu'un, qui est l'aîné, aime plus le cho-

colat que sa petite sœur, il doit en manger plus qu'elle. »

Sur ce point, Claudine, un peu interdite, ne répondit
ni oui, ni non.

Mais l'avertissement n'avait pas été perdu pour elle.

Sa cuillère avait instinctivement plongé plus avant dans la tasse, et une quatrième cuillerée, qui pouvait cette fois compter pour deux, avait succédé aux trois autres.

XV

La logique est un maître inflexible. Pierre, occupé de serrer les mailles de l'argumentation dans laquelle il voulait emprisonner Mademoiselle Claudine, ne pensait pas à autre chose. Peut-être aussi se disait-il que, quand il aurait mené sa démonstration à bonne fin, il pourrait réparer le temps perdu. Il continua :

« Alors tu comprends bien. Scolastique a eu tort de dire que nous mangerions chacun à notre tour et l'un après l'autre chacun une cuillerée.

— Oui, Pierre. »

Ici, une cinquième cuillerée au profit de Mademoiselle Claudine.

« Si nous prenions une cuillerée chacun à notre tour, à la fin, Claudine, toi qui n'es pas l'aînée et qui n'aimes pas la crème au chocolat autant que moi, tu en aurais mangé autant que moi.

— Oui, Pierre. »

Mais comme le développement donné par Pierre à sa pensée avait été un peu plus long, Claudine, sans avoir cependant l'air de se presser et sans en avoir conscience, probablement, s'était par provision administré trois nouvelles cuillerées de crème au chocolat. Pour tout dire, chaque membre de phrase de la démonstration si lumineuse de Monsieur Pierre avait coûté quelque chose à la tasse de chocolat.

Mais Monsieur Pierre appartenait tout entier à sa cause, il se sentait dans une bonne direction et tenait à compléter son succès.

XVI

Reprenant le dernier membre de sa phrase : « Tu en aurais mangé autant que moi ! »

« Et c'est cela qu'il ne faut pas, ajouta-t-il avec une certaine animation ; il ne faut pas qu'à la fin celle qui est la plus petite, celle qui n'est pas l'aînée, ait mangé autant de crème que le plus grand....

« Voici ce que j'ai trouvé pour l'empêcher :

« Moi, je mangerai deux cuillerées de crème au chocolat tout de suite et sans que tu y touches.

— Oui, mon Pierre, dit Claudine, tu en prendras deux.

— Et toi tu n'en prendras qu'une, après moi mes deux, Claudine ?

— Oui, Pierre, » et, se conformant à l'ordonnance, Claudine n'en fit disparaître qu'une cette fois.

La justice ne se trompe jamais. Elle avait, sans faire de bruit, pendant tous ces débats, pris la place qui lui convenait. Mais, malheureusement pour Monsieur Pierre, elle s'était prononcée dans un sens absolument contraire à celui qu'avait rêvé le petit avocat.

Mademoiselle Claudine, pendant cette péroraison machiavélique du discours de son frère, avait occupé son temps, et quand l'orateur Pierre, ravi d'avoir tant et si bien parlé, heureux d'avoir, à force d'habileté, gagné une cause qu'il sentait bien n'être pas fameuse ; quand, voulant recueillir enfin le fruit de ses peines et toucher ses honoraires, il s'empara de la tasse de chocolat — et qu'il s'aper-

çut qu'elle était vide ! — il ne put tout d'abord que se cacher le visage pour ne pas voir plus longtemps une chose aussi horrible. L'événement lui donnait tort, ce fut un coup de foudre pour lui !

XVII

Mais il ne tarda pas à reprendre ses esprits.

Quoi! par sa théorie fallacieuse sur la nécessité de

l'inégalité des partages entre frères et sœurs, Monsieur Pierre s'était flatté d'avoir raison de la candeur de Claudine ; et l'innocente qu'il croyait si facile à abuser, à tromper, avait, sans même sans douter, c'est-à-dire en se contentant de manger au lieu de pérorer pendant qu'elle était à table, fait tourner la leçon contre lui !

Pour le coup, Monsieur Pierre était doublement humilié. Il l'était dans sa vanité, il l'était dans son estomac ! L'avocat et le gourmand avaient, l'un aidant l'autre, perdu leur cause.

O vanité de la parole !

Lorsque Monsieur Pierre, furieux, eut d'un geste violent placé la tasse vide sous le petit nez de Mademoiselle Claudine, lorsqu'il l'eut forcée à en sonder de l'œil les profondeurs et le néant, la petite Claudine, stupéfaite, se montra encore plus étonnée que lui qu'il n'y restât plus rien.

XVIII

Elle ne savait pas, c'était évident, qu'elle eût pu si
bien fonctionner jusque sous le regard de Monsieur Pierre.

Mais qu'y faire? Si elle avait écouté avec moins de générosité, avec moins de patience le plaidoyer et les théories
égoïstes de Monsieur son frère, si elle eût été moins fascinée
par le prestige de sa parole, si surtout elle eût eu à l'écouter
moins longtemps, elle n'eût bien certainement mangé que
sa part de crème au chocolat. L'éloquence de Monsieur
Pierre, en accaparant toute son attention, l'avait distraite
de ce qu'elle faisait; elle l'avait trop absorbée. C'était son
excuse.

« Je ne l'ai pas fait exprès! s'écria-t-elle, je ne savais
pas que je mangeais tout, mon Pierre! »

XIX

Un geste de suprême dédain avait seul répondu à cette
naïve défense.

Monsieur Pierre ne pouvait pas se tenir pour battu. Il en appelait!! La cause et la tasse vide furent portées par lui devant le tribunal de la famille.

Mademoiselle Claudine, tout en larmes, y comparut comme accusée.

Monsieur Pierre plaida beaucoup, plaida longtemps. Il exposa avec beaucoup d'art, et avec un peu d'artifice, la question de fait et la question de droit. Il ne put pas le faire sans incriminer beaucoup Mademoiselle Claudine. Cela lui était fort pénible, disait-il, il en était bien fâché; mais il ne s'y épargnait pas:

Claudine n'était pas loin de se croire coupable d'un grand crime. Tant que son frère plaida, elle fut comme atterrée sous le poids de sa parole, et ce fut tout au plus si deux ou trois fois, joignant ses petites mains, elle osa lever sur son accusateur et sur ses juges des regards effarés, des regards pleins de larmes, dans lesquels on lisait clairement que la malheureuse fillette ne comprenait rien du tout à ce. qu'elle entendait.

XX

Heureusement pour elle et pour la vérité, malheureusement pour Monsieur Pierre, le parrain Jacques la savait tout entière la vérité. Le parrain Jacques avait tout vu, tout entendu. Aucun incident de l'histoire de la tasse de chocolat ne lui avait échappé.

Placé sous la véranda, près de la fenêtre ouverte de la salle à manger, il n'avait rien perdu des faits et des paroles, objets du débat, qui formaient le fond du procès.

Ces paroles et ces faits l'avaient tant intéressé, qu'il les avait sténographiés; de plus, dessinateur très prompt et très habile, et prévoyant peut-être ce qui pouvait arriver, il avait dessiné et reproduit sur le vif les principales scènes du déjeuner, et jusqu'aux moindres de ces gestes des personnages, qui sont si utiles à garder quand il s'agit de donner son vrai sens à une situation.

Il n'eut qu'à lire son compte rendu à messieurs et à mesdames les juges, il n'eut qu'à faire passer sous leurs yeux les croquis qu'il avait pris sur le vif pendant le déjeuner, et qui indiquaient le rôle qu'avait joué chacune des deux personnes pendant les incidents divers de ce repas, pour rétablir si bien la vérité, que Monsieur Pierre, qui, après tout, n'était pas précisément menteur, fut obligé de reconnaître l'exactitude de la narration écrite de parrain Jacques, et la fidélité même des dessins dont il l'avait illustrée.

Mademoiselle Claudine fut absoute à l'unanimité.

Elle avait tout mangé, c'est vrai, mais sans s'en apercevoir; la faute en était au seul Pierre, qui, par ses discours, avait détourné, en la captivant, son attention de ce qu'elle faisait, et tellement prolongé le déjeuner que la petite tasse

de chocolat s'était vidée peu à peu, sans que celle qui y puisait, comme c'était son droit, eût pu avoir conscience qu'elle allât au delà de sa part.

XXI

Les rieurs ni les juges ne furent pour cette fois du côté de Monsieur Pierre.

Sa grand'maman elle-même lui expliqua qu'on est à table, soit pour déjeuner, soit pour dîner, et non uniquement pour y étaler son éloquence, et pour y dresser des embûches à sa sœur. Elle déclara, avec une fermeté que nous ne saurions trop louer, et qui lui fait beaucoup d'honneur, que Monsieur Pierre avait été puni par où il avait eu l'intention de pécher, et que rien n'était plus juste. Il avait voulu entreprendre sur la part légitime de sa sœur, il avait été victime de sa propre ruse, il s'était pris dans son propre piège et avait trouvé une leçon d'équité là où il avait espéré faire passer à l'état de loi une idée injuste. Tout était donc pour le mieux et il n'avait qu'à s'accuser lui-même du résultat, fâcheux pour lui, de ses coupables projets.

XXII

Monsieur Pierre, écrasé par cet arrêt, n'eut plus qu'à baisser le nez, qu'il portait trop haut tout à l'heure. Toutes ses idées touchant le droit d'aînesse et la supériorité des garçons sur les filles, des frères sur les sœurs, des pantalons sur les robes, étaient anéanties par cet arrêt du tribunal suprême. Il s'en alla méditer dans la chambre d'étude sur le coup qui le frappait, pendant que ses deux sœurs allaient à la promenade.

Monsieur Pierre est très raisonneur, se rendra-t-il à

l'évidence? Abjurera-t-il des idées qui ne sauraient avoir
cours dans une société policée? Reconnaîtra-t-il qu'il ne
saurait se croire désormais sans injustice plus que ses

sœurs dans la maison, et que vis-à-vis des étrangers, vis-à-vis des domestiques, et même vis-à-vis de sa trop bonne grand'maman, il n'avait et ne devait avoir aucune supériorité sur elles. Nous osons l'espérer. Il ne manque ni d'esprit, ni d'intelligence, et si quelqu'un, qu'il ne faut pas nommer, prend la ferme résolution de ne plus le gâter, nous ne désespérons pas de son avenir.

P.-J. STAHL.

9 782014 457414